Philippe Berthier
Mathilde Denanot

Nous, les **enfants** de 1975

De la naissance à l'âge adulte

Éditions Wartberg

Mentions légales

Crédits photographiques :

Archives personnelles, p. 4-5, 8-9, 11, 12h, 13-14, 16-17, 20-21, 23, 26, 29, 32-34, 38b, 40, 42-43, 45, 49, 52, 54, 59, 62.
© Picture-alliance / dpa, p. 7, 31, 35, 57, 58 ; Picture-alliance / Mary Evans Picture Library, p. 15, 30, 60 ; Picture-alliance / empics, p. 24 ; Picture-alliance / United Archives / TopFoto, p. 27 ; Picture-alliance / Photoshot, p. 38h ; Picture-alliance / AFP, p. 39 ; Picture-alliance / akg-images / RIA Nowosti, p. 46 ; Picture-alliance / Alfons Rath, p. 48 ; Picture-alliance / Alex Urosevic / iPhoto.ca / Newscom, p. 50 ; Picture-alliance / KPA, p. 51, 55 ; Picture-alliance / dpa-Sportreport, p. 53.
© Ullstein bild – R. Dietrich, p. 12b ; Ullstein bild – Zangl, p. 18 ; Ullstein bild – dpa / dpaweb, p. 19 ; Ullstein bild – Feddersen, p. 22, Ullstein bild – Jüschke, p. 25 ; Ullstein bild, Oskar Poss, p. 36.
© Roger-Viollet, p. 47, 61 ; Jacques Cuinières / Roger-Viollet, p. 10, 44 ; Carlos Gayoso / Roger-Viollet, p. 56, 63.

Nous remercions tous les ayants droit pour leur aimable autorisation de reproduction. Dans le cas où l'un d'eux n'aurait pu être joint, une provision de droits est prévue.

1re édition, 2011

40, rue de l'Échiquier
75010 Paris

Un département de
Wartberg Verlag GmbH &Co. KG.
Im Wiesental 1
34281 Gudensberg-Gleichen
Allemagne

Conception graphique : Ravenstein & partenaires, Verden.
Imprimé en Allemagne sur les presses de Thiele & Schwarz, Kassel.

ISBN : 978-3-8313-2575-7

Préface

Chers enfants de 1975,

Nés en 1975, nous avons raté Woodstock et les yéyés, le plein-emploi et les manifestations estudiantines. Pas vraiment de quoi, à première vue, nous extirper un sourire au sortir de la coquille. Survenue au crépuscule des Trente Glorieuses, notre naissance ressemble presque à une mauvaise plaisanterie. Nous tombons mal et faisons nos premiers pas au rythme des sempiternelles jérémiades de Caliméro : « C'est vraiment trop injuste. »

Rassurons-nous toutefois, chaque époque connaît ses moments de gloire et les nôtres ne tarderont pas à venir. En 1975, un vent de liberté souffle sur la France et la société s'apprête à connaître de profonds bouleversements. Notre année de naissance est celle de l'instauration du divorce par consentement mutuel et de la loi Veil. Dépénalisation de l'adultère et libre choix des femmes à décider de leur grossesse : il semblerait que la véritable libération sexuelle ait vu le jour en même temps que nous.

Âgés d'à peine 6 ans lors de l'abolition de la peine de mort, nous n'avons connu la réalité de la guillotine que dans les manuels d'histoire. Pourtant, il s'en est fallu de peu. L'année de notre naissance, Renaud dénonçait la peine capitale dans sa chanson *Hexagone*. L'année d'après, la réponse de Michel Sardou arrivait dans *Je suis pour*. Le chemin était encore long jusqu'à 1981…

Nés en 1975, nous faisons aussi partie de la première génération à avoir vraiment grandi avec le petit écran : Chantal Goya, Dorothée, Casimir, Téléchat, Albator… Nous étions de petits êtres aimantés par la télé en couleurs et les premiers mangas. Une addiction chassant l'autre, nous nous sommes ensuite jetés à corps perdu dans les jeux vidéos, de l'Amstrad à la Game Boy, de Packman à Arcanoïd. Comme le chantait Jean-Louis Aubert, « les révolutions se font maintenant à la maison ».

Lorsque nous sommes arrivés à l'adolescence, il n'était déjà plus l'heure de défiler dans les rues – nous n'avions que 11 ans lors des manifestations contre la loi Devaquet. La parenthèse enchantée s'était elle aussi refermée. Alors que nous vivions nos premiers émois, les médias nous répondaient « sida », égrenant les premières victimes médiatiques : après Klaus Nomi en 1983, Freddie Mercury en 1991…

Philippe Berthier — Mathilde Denanot

1975-1977

Le choix comme **valeur souveraine**

« Un enfant si je veux, quand je veux »

Certains sont vrais, d'autres pas.

Votée en 1967, la loi Neuwirth autorise la contraception, qui était interdite en France depuis 1920. La plupart des enfants que nous sommes ont été désirés.

Grâce à l'influence grandissante de Françoise Dolto, nous sommes considérés, dès notre naissance, comme des sujets

Chronologie

1975
L'ORTF est démantelé et divisé en sept organismes autonomes : Radio France, TF1, Antenne 2, France Régions 3, TDF, SFP, INA.

4 avril 1975
Bill Gates et Paul Allen fondent Microsoft.

14 septembre 1975
Parution de *La Vie devant soi* aux éditions du Mercure de France. Son auteur n'est autre que Romain Gary qui, sous le pseudonyme d'Émile Ajar, obtient le Goncourt pour la deuxième fois.

21 décembre 1975
Carlos prend en otage des ministres de l'OPEP.

1er mars 1976
Sortie en France de *Vol au-dessus d'un nid de coucou*. Cet aller sans retour pour l'hôpital psychiatrique vaut à Jack Nicholson l'Oscar du meilleur acteur. Le film se classe parmi les films les plus récompensés de l'histoire.

19 mai 1976
Sortie au cinéma de *Salo ou les 120 journées de Sodome*, librement adapté des *120 journées de Sodome* de Sade. Dernier film de Pier Paolo Pasolini, assassiné peu avant sa sortie, il fait un scandale qui lui vaudra d'être interdit dans de nombreux pays.

2 novembre 1976
Jimmy Carter est élu président des États-Unis.

1977
Chantal Goya annonce que « ce matin, un lapin a tué un chasseur ». Enfin.

Avril 1977
Raymonde et Raymond Bidochon font une première apparition dans *Fluide Glacial*. Face au succès de ces deux Français moyens, Binet prend l'habitude de malmener son couple fétiche dans de nombreux albums.

1er octobre 1977
Le roi Pelé se retire des terrains de football.

5 novembre 1977
René Goscinny, créateur d'Astérix et du Petit Nicolas, s'éteint dans son appartement parisien.

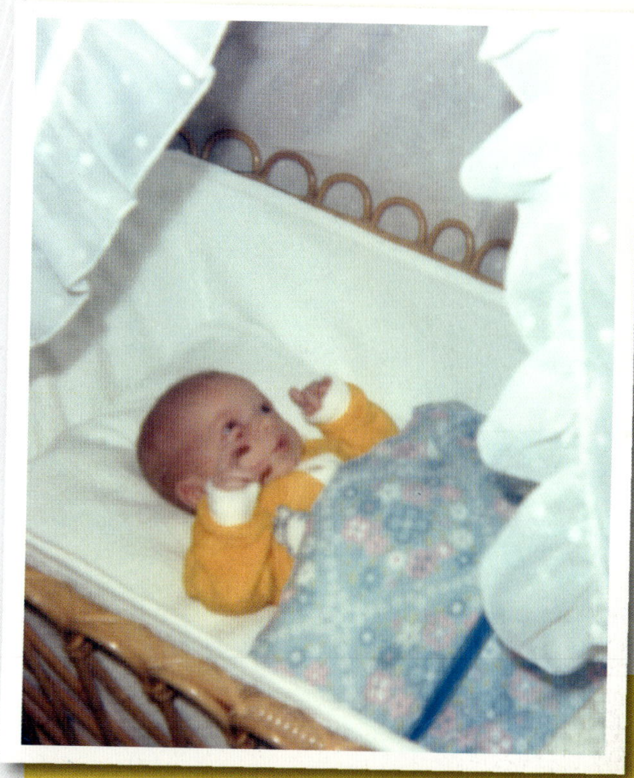

Le Babygro des années 1970.

« à part entière » qu'il convient de traiter comme tels. Nous avons donc voix au chapitre avant même de savoir parler, et nos « areuh » sont si respectés qu'on nous qualifiera plus tard d'« enfants rois ».

Nous avons pris part à l'éducation de nos parents autant que l'inverse en introduisant l'idée de démocratie au sein de la famille. Le modèle dominant ne consiste plus en une ribambelle d'enfants suivant leurs parents comme des chenilles processionnaires, mais en un nombre réduit d'enfants qui imposent eux aussi leurs petites lois. Puisque nos parents nous désirent, ils doivent composer avec nos volontés.

Exit « l'esclavage de la maternité » mis à l'index par Simone de Beauvoir dans *Le Deuxième Sexe*. Désormais, les femmes peuvent prendre leur destin en main et choisir d'avoir un enfant unique, une famille nombreuse ou pas d'enfant du tout. Seconde étape importante de la libération des femmes, la loi Veil entre en vigueur le 17 janvier 1975. Ce texte dépénalise l'interruption volontaire de grossesse et met un coup d'arrêt aux sordides pratiques des faiseuses d'anges. Simone Veil, alors ministre de la Santé, subit les foudres de l'extrême droite et d'une partie de la droite.

La chute de Saïgon

Après la déroute française de Diên Biên Phu, le 7 mai 1954, qui se solde par la signature des accords de Genève, le Vietnam voit s'installer deux gouvernements aux idéologies très différentes : au Nord, la république démocratique du Vietnam, régime communiste fondé par Hô Chi Minh; au Sud, la république du Vietnam, régime nationaliste soutenu par les Américains.

La guerre du Vietnam résulte de la volonté des dirigeants du Nord de réunifier le pays en le plaçant sous le régime communiste. Le pays devient alors le théâtre d'une guerre aux enjeux internationaux, opposant le régime soviétique, favorable au gouvernement du Nord, et le régime américain, favorable au gouvernement du Sud. Après quinze ans d'affrontements et un bilan humain particulièrement lourd, l'intervention américaine prend fin avec la signature des accords de paix de Paris, en 1973.

Les combats entre forces vietnamiennes se poursuivront cependant jusqu'à la chute de Saïgon, en 1975. Cette guerre a eu pour conséquence la formation de l'actuelle République socialiste du Vietnam, contrôlée par le Parti communiste. Au-delà de ce bilan politique, ce conflit marque un véritable tournant puisqu'il est considéré comme la première défaite militaire des États-Unis. Il a par ailleurs durablement terni leur image, entre autres à cause des attaques au napalm, et bien des voix se sont élevées pour dénoncer la barbarie américaine.

La guerre du Vietnam a inspiré de nombreux films, comme Voyage au bout de l'enfer *(Michael Cimino, 1978),* Platoon *et* Né un 4 juillet *(Oliver Stone, 1986 et 1989) ou encore* Full Metal Jacket *(Stanley Kubrick, 1987).*

Dans le monde manichéen de Walnut Grove, la famille Ingalls triomphe des bassesses de la famille Oleson.

La petite maison dans la prairie ne fait plus école

Si les contes clament toujours que les héros « vécurent heureux et eurent beaucoup d'enfants », nos parents ne sont plus si convaincus de vouloir suivre ce modèle. Avoir des enfants, c'est bien, mais à condition que la vie d'adulte ne se résume pas au pouponnage. Nos parents ont bien d'autres aspirations : partir en vacances, parfois sans leurs enfants (le Club Med est alors très en vogue et les bébés sont confiés aux grands-parents), cumuler deux salaires et embaucher une nounou (les femmes au foyer ne sont plus la norme)... Bref, s'affranchir du modèle qu'ils ont combattu à coups de pavés quelques années plus tôt : on préfère désormais *Les Bronzés* à *Treize à la douzaine*.

La Peugeot 504, une voiture entrée dans la légende.

Selon l'Ined, nous sommes 740 000 à naître en 1975 : 60 000 de moins qu'en 1974, 115 000 de moins qu'en 1973. Amorcée en 1964, la baisse de la natalité se poursuit. Tandis que 23 % des familles comptaient quatre enfants en 1947, elles ne sont plus que 6,5 % en 1975.

Pourtant, à la télévision, dès 1976 sur TF1, la famille Ingalls de « La Petite Maison dans la prairie » donne l'exemple d'une famille nombreuse aux valeurs issues d'un autre temps. Établie dans une maisonnette à Walnut Grove, entièrement soumise à l'autorité du chef de famille, elle se pose comme l'un des derniers bastions d'une ère patriarcale en voie de disparition. Nos parents peuvent bien se comporter en babas cool postsoixante-huitards, Charles Ingalls continue de sévir à la télévision et nous rappelle de quel bois se chauffaient ses ancêtres. Cinq enfants menés à la baguette et travaillant aux champs dès l'âge de 4 ans, telle est la recette Ingalls. En France, le schéma d'une famille réduite à deux enfants se dessine en même temps que les contours de la Peugeot 504, idéale pour l'accueillir.

Le divorce par consentement mutuel

Avant l'adoption de la loi n° 75-617 du 11 juillet 1975, le divorce par consentement mutuel était impossible. Ce qui plaçait les époux dans une situation intenable : alors qu'ils pouvaient tomber d'accord sur le principe d'un divorce à l'amiable, ils se trouvaient légalement contraints de prétexter une faute justifiant le divorce. Que faire quand il n'y avait pas faute ? En inventer, puisque la loi l'exigeait ! Ainsi les époux s'attelaient-ils, installés à leur table en formica, près de leur commode en inox, à la rédaction de fausses lettres d'insultes à l'endroit de leur conjoint.

Et les réformes ne s'arrêtent pas là : l'adultère, qui pouvait conduire les femmes à un emprisonnement de trois mois à deux ans, tandis que les hommes ne s'exposaient qu'à une amende dans le cas d'un adultère commis au domicile conjugal, cesse d'être considéré comme une faute pénale. Avec cette simplification des procédures, apparaît une minorité dont le nombre va bientôt exploser : les enfants de divorcés. Dans les formulaires à remplir, la mention « divorcé » ne jette plus l'anathème sur la famille. C'est officiel : l'amour à vie n'est plus une damnation. Nos parents n'ont plus à subir les turpitudes que connaissaient un Jean Gabin ou une Simone Signoret dans *Le Chat*. Nous grandissons dans des foyers certes plus friables, mais qui répondent à la douce invite d'un Pierre Perret : « Ouvrez ouvrez la cage aux oiseaux / Regardez-les s'envoler c'est beau / Les enfants si vous voyez / Des p'tits oiseaux prisonniers / Ouvrez-leur la porte vers la liberté. »

La joie malgré l'enfermement : un bébé sujet au syndrome de Stockholm ?

Surpyjamas en double exemplaire, assortis aux grenouillères.

Robert Badinter, fervent défenseur de l'abolitionnisme.

L'homme au pull-over rouge

Le 3 juin 1974, à Marseille, Marie-Dolorès Rambla, âgée de 8 ans, est enlevée par un inconnu alors qu'elle joue avec son frère. L'homme a prétendu rechercher son chien, perdu dans le quartier, pour aborder les deux enfants. Mise en confiance, la fillette a accepté de monter dans son véhicule. Le jour même du rapt, Christian Ranucci, 20 ans, est impliqué dans un accident de la circulation au volant d'une 304 Peugeot, et s'enfuit. Les époux Aubert le prennent en chasse et découvrent sa voiture un peu plus loin, abandonnée au bord de la route. Ils aperçoivent ensuite un homme qui s'enfuit dans les bois, « chargé d'un paquet assez volumineux ». Ils relèvent la plaque d'immatriculation.
En apprenant la disparition de Marie-Dolorès dans les journaux, les époux Aubert font immédiatement le lien avec l'homme aperçu dans les bois. Ils le signalent à la police et une grande battue est organisée dans le périmètre désigné. Quelques heures plus tard, on retrouve l'enfant, sans vie, à proximité d'une champignonnière.
L'affaire Ranucci va se muer en scandale judiciaire, dont les répercussions seront désastreuses. Lors du procès, on trouvera au moins autant d'éléments à charge qu'à décharge pour juger du cas de l'accusé. Le témoignage des époux Aubert l'accable, mais c'est un autre élément qui va devenir emblématique de tout le procès : un pull-over rouge découvert dans la champignonnière. En effet, un homme portant ce vêtement a été vu sur les lieux avec une fillette, le jour du crime.
Dès lors, les enquêteurs font de ce pull rouge le centre de l'affaire : puisque le tueur portait un pull rouge et qu'on a vu Ranucci sur les lieux du crime, il suffit d'établir qu'il s'agissait de son pull. Il s'avère pourtant que le pull-over est trop grand pour le frêle gabarit de l'accusé. D'autre part, sa mère affirme aux policiers qu'il déteste le rouge. Ces arguments seront éludés par l'accusation, et le procès s'achèvera par la condamnation à mort de Ranucci. Il est exécuté le 28 juillet 1976. Deux ans plus tard, Gilles Perrault sort un brûlot, Le Pull-over rouge, *qui sème le discrédit sur l'ensemble de l'enquête.*

Thermomix et lave-vaisselle, sinon rien

En 1977, nos parents sont déjà à la tête d'une grande famille : une sœur âgée de 6 ans, un frère d'à peine 1 an. Avec trois enfants en bas âge, les corvées domestiques deviennent vite envahissantes. L'évier est rapidement encombré par la vaisselle, et l'acquisition du premier lave-vaisselle est une véritable révolution – d'autant qu'à l'époque, cet engin miraculeux est encore rare dans les foyers.

Pour se faciliter la tâche, nos parents investissent également dans un outil à la pointe de la technologie : un Thermomix orange, véritable robot à tout faire. Avec le Thermomix, tout devient possible, et nos parents s'en donnent à cœur joie. Cet appareil va leur laisser toute latitude pour développer leur créativité : en plus de hacher la viande et de mixer les légumes, il permet aussi de réaliser des crèmes bicolores – vanille / fraise, chocolat / poire – aussi récréatives que savoureuses. Autant dire que nous crânons franchement avec cet instrument du futur. Et peu importe si, au bout de quelques mois, le Thermomix orange trône aussi pimpant que désœuvré sur une étagère de la cuisine. Omnipotent et plébiscité lors des goûters d'anniversaire, il a encore de beaux jours devant lui.

La chaise longue en toile a précédé le transat.

Désormais, la parole de l'enfant a un poids.

Pile ou face ?

S'il est bien une chose sur laquelle on a dit tout et son contraire, c'est sur la manière de nous coucher, nous les bébés. Sur le ventre ou sur le dos ? Le spectre de la mort subite du nourrisson hante toutes les familles. Dans les années 1970, des courants très opposés continuent de s'affronter. Selon certains, coucher le bébé sur le ventre permet d'éviter l'obstruction des voies respiratoires par une possible régurgitation. Selon d'autres, le bébé couché à plat ventre inspire un air malsain, qu'il a rejeté lors de l'expiration ; et cette position peut entraver le développement de son thorax.

Les pères jouent un rôle de plus en plus important.

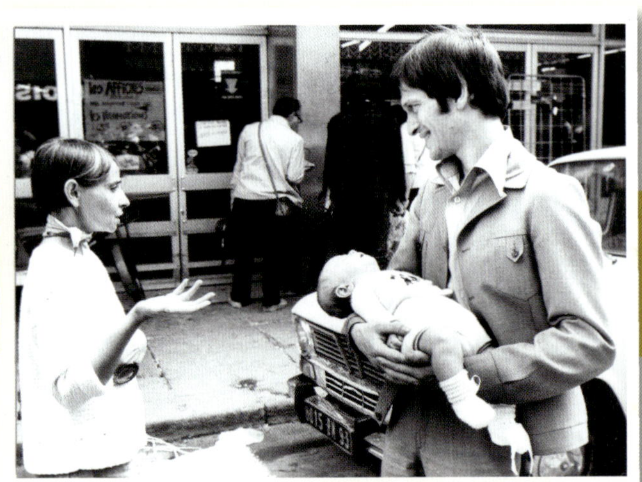

Nos parents balancent entre les deux écoles sans parvenir à trancher. Les miens optent pour une neutralité prudente, un centrisme de la précaution. Nous serons donc couchés à plat ventre, mais aussi sur le dos et finalement sur le côté, calés contre une peluche. La somme des théories plutôt que le choix d'une seule.

Babygros psychédéliques

Apparues dès les années 1960, les grenouillères, plus souvent désignées par le nom de la marque Babygro, connaissent une véritable explosion dans les années 1970. « Babygro, le vêtement qui grandit avec l'enfant » inonde nos armoires, nos commodes et nos machines à laver nouvellement acquises.

Qu'il soit en velours éponge l'hiver ou en coton l'été, le Babygro ne fait alors pas dans la sobriété. Les tons pastel sont à proscrire, et les teintes privilégiées feront forcément mal aux yeux. Haro sur le beige et le blanc cassé : du bleu électrique au rouge vermeil, du jaune citron au vert grenouille, on est loin de l'image d'Épinal du nourrisson pâlot emmitouflé dans un linge immaculé. Bariolés et fantaisistes, nos Babygros sont en parfaite adéquation avec le papier peint et le design qui nous entourent. Car nos chambres d'enfants sont nouvellement customisées. Si, à notre âge, nos parents vivaient dans de petites chambres fonctionnelles, nous bénéficions, nous, de chambres sur mesure. Nos oursons s'appellent Winnie et nos ratons laveurs Capucin, du nom du confident de Candy. Et si d'aventure nous possédons un déguisement, il s'agit de celui de Zorro. Quoi qu'il en soit, la mode fait son apparition chez les bébés avant même

L'élégance du pompon.

Il faut goûter à tout !

l'apprentissage de la parole. Notre époque rejette la discrétion et le classicisme. Lucioles aux couleurs arc-en-ciel, nous sommes toujours visibles à dix lieues à la ronde.

Debout pour la première fois.

Du bon usage des ciseaux

En fonction des époques, les coiffeurs sont plus ou moins nos alliés. Il suffit parfois de l'inspiration d'un seul d'entre eux pour que toute une génération sacrifie sa chevelure à une même mode, souvent contestable. Combien de femmes ont échappé à la coupe garçonne de Jean Seberg ? Et combien de garçons nés en 1975, au modèle initié par Claude François ? Nés avec les cheveux blonds et raides, nous avions toutes les chances de nous retrouver avec une frange et un dégradé sur toute la longueur du visage. Ajoutez à cela un sous-pull orange – qui gratte, de préférence – et un pantalon à pattes d'eph' en velours marron, et vous étiez fin prêt pour affronter la crèche et les autres enfants, tous des copies conformes.

Cette distinction capillaire, parfois appelée « coupe Playmobil » n'aura pas fait que des heureux. Plus jeune d'un an, mon frère a eu la chance de ne posséder encore que peu de cheveux au moment de mes premières expérimentations capillaires. On me récupéra un jour de justesse, penché sur son berceau, équipé de ciseaux et d'intentions douteuses. Toujours est-il qu'il échappa, lui, à l'effet « Playmobil », « bol », « Mireille Mathieu », ou tout simplement « Clo-Clo ». Mais il ne put se soustraire, quelques années plus tard, à la fameuse « brosse » des années 1980. Tout vient à point....

Le chef de la police locale, Martin Brody, aux prises avec le grand requin blanc.

Squalophobie toute

Jusqu'en 1975, que savait-on au juste des requins ? Qu'il s'agissait de poissons classés dans la catégorie des squales, pas franchement sympathiques – et pas grand-chose de plus. À partir de 1975, tout change. Chaque vacancier sait distinguer les requins-marteaux des requins tigres, les requins pèlerins des requins bleus, et surtout, tous savent reconnaître les requins blancs.
Que s'est-il donc passé ? Un réalisateur âgé de 28 ans a fait de cet animal le héros sanguinaire d'un film particulièrement éprouvant pour les nerfs, Les Dents de la mer. *Très réaliste, le scénario semble avoir été inspiré d'un fait divers, une série d'attaques survenues dans le New Jersey en 1916. Dès la sortie du film, le box-office s'enflamme. Trois fois oscarisé (meilleur montage, meilleure musique de film et meilleur son), il propulse Steven Spielberg sur le devant de la scène et fait de lui le maître incontesté du sursaut, de la peur panique, et bien sûr, de la squalophobie. À elle seule, la musique de John Williams suffit à hérisser le poil du spectateur qui, pour être averti, n'en demeure pas moins fébrile. De sorte qu'il est impossible d'échapper à la peur, même en fermant les yeux.*

1978-1980

Superhéros et antihéros

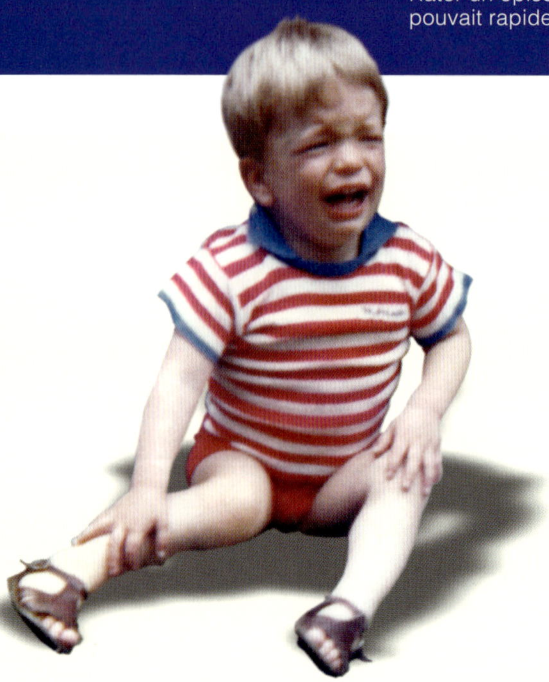

Rater un épisode de « Goldorak » pouvait rapidement tourner au drame.

Récré A2

Bien sûr, « L'Île aux enfants » existait déjà, et le monde du divertissement pour enfants ne nous était pas totalement étranger. Mais avec l'apparition de « Récré A2 », on peut dire sans exagérer que notre petit monde a vacillé. Désormais, tout notre emploi du temps va s'organiser autour de ceux de Dorothée, de William Leymergie, de Patrick Simpson-Jones ou encore

Chronologie

13 mars 1978
En Italie, enlèvement du leader démocrate-chrétien Aldo Moro, qui sera exécuté deux mois plus tard par les Brigades rouges.

25 juillet 1978
Louise Brown, premier bébé-éprouvette, voit le jour à l'hôpital de Manchester.

9 octobre 1978
Jacques Brel s'éteint à Bobigny. Celui qui chantait *Les Vieux* n'aura pas eu l'occasion d'entendre ronronner la pendule du salon et dire « Je t'attends ».

16 octobre 1978
Karol Jozef Wojtyla est élu pape et prend le nom de Jean Paul II.

16 novembre 1978
Alain Colas disparaît en mer alors qu'il dispute la Route du Rhum.

1979
Serge Gainsbourg sort *Aux armes et cætera*, album aux sonorités reggae dans lequel il reprend *La Marseillaise*.

26 mai 1979
Apocalypse Now de Francis Ford Coppola et *Le Tambour* de Volker Schlöndorff remportent tous les deux la Palme d'or au festival de Cannes.

27 décembre 1979
Les troupes soviétiques envahissent l'Afghanistan.

6 mars 1980
Marguerite Yourcenar est la première femme à entrer à l'Académie française, sous l'impulsion de Jean d'Ormesson.

19 avril 1980
50 000 personnes descendent dans les rues de Paris pour rendre un dernier hommage à Jean-Paul Sartre, mort le 15 avril.

19 juillet 1980
Plusieurs pays occidentaux boycottent les Jeux olympiques de Moscou pour protester contre l'intervention militaire de l'URSS en Afghanistan.

22 septembre 1980
Saddam Hussein attaque l'Iran en prétextant un désaccord sur la frontière qui sépare ce pays de l'Irak. La guerre durera huit ans.

Les filles aussi ont la coupe Clo-Clo.

de Cabu. Que nos grands-parents souhaitent nous emmener faire une promenade en forêt est une chose, qu'ils oublient la programmation de « Goldorak » à 17 heures en est une autre. L'épisode de vingt minutes (fractionné en deux ou trois morceaux, soit une dose infinitésimale) constitue en effet un rendez-vous précieux auquel il nous est difficile de renoncer.

« Ne te mets pas si près de l'écran, tu vas t'esquinter les yeux », entend-on

Personne ne demande jamais à Goldorak d'aller se brosser les dents.

ici et là, sans y prêter attention. Les « rétrolasers en action » sont autrement plus importants qu'une vague promesse de myopie, et nous voulons être aux premières loges pour assister aux transformations d'Actarus.

Bien plus sombre, Albator nous fascine par sa philosophie nihiliste dont nous pressentons la gravité à défaut de la comprendre. Avec des sorties comme « Il est inutile de donner des conseils superflus à un homme qui a choisi l'endroit de sa mort », le pessimisme de notre héros nous laisse songeurs. Schopenhauer de « Récré A2 », Albator remâche son amertume tandis qu'on nous invite à ranger notre chambre, à mettre nos chaussons ou à prendre notre goûter pour le judo. Il y a là quelque chose d'un peu humiliant : la confrontation du réel à l'imaginaire se fait toujours à notre détriment. Nous rêvons de grandes causes, de chaos mondial et de bravoure universelle, et l'on nous parle de chaussons, de banane ou de débarbouillage. Comme si le noble Albator avait pu recevoir l'injonction d'aller se débarbouiller…

*Le naufrage de l'*Amoco Cadiz

Au matin du 16 mars 1978, le gouvernail du supertanker américain Amoco Cadiz *ne répond plus. Chargé de 230 000 tonnes de pétrole, le navire se dirige inexorablement vers les rochers de Portsall (Finistère), sur lesquels il finira son triste périple. Les quarante-quatre personnes de l'équipage sont évacuées grâce à la Marine nationale, mais la pollution engendrée par ce naufrage va ravager 350 kilomètres de côtes, de la pointe de Saint-Mathieu au cap Fréhel. Les dommages collatéraux sont également considérables pour les pêcheurs, ostréiculteurs et hôteliers.*

Une mobilisation de grande envergure voit alors le jour. Membres de l'armée de terre et volontaires venus de toutes les régions de France se relaient pour débarrasser le front de mer des flaques noires qui le défigurent. Au total, on estime que 80 000 tonnes de pétrole se seront déversées sur les côtes bretonnes. Selon Michel Glémarec, ancien professeur de biologie marine à l'université de Brest, « On a enregistré jusqu'à 260 000 tonnes d'animaux morts : crabes, poissons, coquillages… » Les cadavres d'oiseaux mazoutés se ramassent également à la pelle.

L'écosystème demeurera perturbé durant une bonne dizaine d'années. Faute de prédateurs, des espèces opportunistes comme les vers ou les crabes verts se reproduisent en grande quantité, compliquant encore le retour à une biodiversité. La marée noire ira jusqu'à la Vendée.

Le pétrolier Amoco Cadiz*, cerné d'une gigantesque mare noire.*

Amadeus

Le choix d'une activité extrascolaire ne se fait pas toujours sans heurts. Ainsi, l'idée d'assister à des heures d'éveil musical au conservatoire ne nous enchante guère. Celles-ci ressemblent beaucoup à des cours qu'on nous imposerait en dehors des horaires réglementaires. La première fois, on nous demande de dessiner « un escargot » : basse stratégie pour nous rendre sympathique la clé de sol. Puis, il nous faut imaginer que nous sommes à bord d'un train. Tout le temps du trajet, nous devons prononcer « hum hum hum », mais lorsque nous passons sous un tunnel (le professeur mime tant bien que mal un tunnel), nous devons frapper dans nos mains.

Cet exercice-là est destiné à nous inculquer le sens du rythme, mais nous avons capitulé dès l'escargot : nous ne sommes dupes de rien. Du haut de nos 5 ans, nous percevons bien la discipline camouflée sous ces activités prétendument ludiques. Nous sommes tombés dans un traquenard et on nous prend pour des idiots incapables de le déceler.

Pourtant, cette expérience désastreuse cache une très bonne surprise : sur le chemin du retour, dans une galerie comportant des aquariums, nous voyons de vrais piranhas. Nous en oublions presque la terrible déconvenue de l'éveil musical – mais pas assez longtemps pour accepter de retourner, la semaine suivante, à notre leçon d'escargot / tunnel. Nous ne voudrons plus jamais entendre parler de clé de sol ni de rythme, mais nous nous découvrons une autre passion : celle des poissons tueurs. Et nous n'allons pas tarder à chercher tous les films spécialisés dans le genre. Joe Dante a justement réalisé *Piranha* en 1978 : un futur film de chevet.

Reconstitution minutieuse du puzzle de Superman.

Ils ont fait de la planche à voile

Après une longue année scolaire, l'heure des grandes vacances a enfin sonné. Et avec elles, la plus belle des récompenses : le droit d'enfiler son petit maillot et d'aller, méduses aux pieds, taquiner la crevette. À l'école de voile, les grands ont le droit de s'essayer à la planche à voile. La planche est immense, et la voile, en proportion. Si les chutes se succèdent, les vacanciers ne se lassent pas de les regarder depuis la plage. En 1980, la planche à voile est encore une bizarrerie et les initiés, de vrais avant-gardistes.

La planche à voile trouvera rapidement son public.

Nous, les petits qui ne savons pas nager, nous sommes cantonnés à des activités subalternes. Nous pouvons aider à porter le matériel, nettoyer les voiles, ranger les combinaisons, mais en aucun cas tenter de lever la voile. Après d'âpres négociations, nous parviendrons tout de même à grimper sur la planche, engoncés dans un gilet de sauvetage, et à nous faire tirer par nos parents grâce à une petite cordelette accrochée sur le devant. C'est une consolation. Depuis la plage, on nous regarde, c'est sûr, mais nous voue-t-on la même admiration qu'aux véliplanchistes ? Rien n'est moins sûr.

Scoubidou, décalcomanies et talkie-walkie

Le scoubidou a toujours fait partie de notre environnement, avec plus ou moins d'intensité selon la mode du moment. Nous détournons souvent ces fils en plastique de leur utilisation première : pour lier les mains d'un ennemi (frère, sœur, robot), pour condamner un Big Jim à la pendaison, ou encore pour remorquer des petites voitures tombées en panne. Un fil de scoubidou peut toujours s'avérer utile, et il vaut mieux en avoir un sur soi, au cas où. Pour ce qui est de tresser les fils et d'en faire de vrais scoubidous, c'est une autre histoire – une question de patience, de persévérance et d'habileté. Il faut en maîtriser la technique, et cette simple contrainte peut en décourager plus d'un.

Les décalcomanies, par bien des aspects, nous paraissent plus distrayantes et plus attractives. Le principe d'une décalcomanie Trans'rama est simple : il faut séparer le feuillet de son papier protecteur, puis appuyer avec le pouce pour que la décalcomanie « colle » au papier. Ensuite, il convient de gribouiller toute la surface du décalque avec un stylo (attention aux bords). Enfin, on soulève le feuillet pour constater les dégâts. En cas de (rare) réussite, le résultat a beaucoup d'allure : différents personnages (Spiderman, les Schtroumpfs ou Hulk, pour ne citer qu'eux), se retrouvent intégrés à un décor, comme dans une BD. Mais il est fréquent que l'opération échoue, qu'une jambe de Spiderman reste par exemple accrochée au papier. Et malgré notre obstination à regribouiller la jambe défaillante, quand c'est raté, c'est raté.

Une après-midi décalcomanies ne serait pas totalement réussie sans talkie-walkie. Il est fondamental de nous tenir au courant les uns les autres de l'évolution de notre travail respectif. Même si l'engin ne fonctionne jamais et que nous n'entendons que des bruits parasites, le fait d'être « en direct » d'une pièce et d'en appeler « à toutes les unités » nous permet de nous sentir très importants.

La fascination du petit écran.

Miss Maggie, première femme Premier ministre de la Grande-Bretagne

Le 3 mai 1979, Margaret Thatcher, présidente du Parti conservateur, prend les rênes du Royaume-Uni. Ceux qui la soutiennent attendent qu'elle redresse le pays sur le plan économique et qu'elle lui permette de retrouver sa prospérité. Très vite, elle donne le ton en mettant en place une politique ultralibérale : privatisation des entreprises publiques, antisyndicalisme, réduction des budgets sociaux… Lors de « l'hiver de la grogne » en 1984-1985, elle affiche une intransigeance toute singulière vis-à-vis des mineurs grévistes.
Son obstination lui vaut alors le surnom de « Dame de fer ». Car Margaret Thatcher ne plie pas, ne tangue même pas. Elle avance aveuglement vers son idéal de société : « Un homme a le droit de travailler comme il veut, de dépenser ce qu'il gagne, de posséder sa propriété, d'avoir l'État pour serviteur et non pour maître. Ce sont là les héritages britanniques. Ils sont l'essentiel d'une économie libre et de cette liberté dépendent toutes les autres. »
Contrainte à démissionner en 1990, Margaret Thatcher aura régné onze ans sur son pays, imposant une politique sans compromis – même dans des situations extrêmes comme la grève de la faim menée par des militants de l'IRA en 1981. Son intransigeance a failli lui coûter la vie en 1984, lorsque l'IRA a fait d'elle la cible d'un attentat. Peter Lane, ancien chef du Parti conservateur du sud-est de l'Angleterre, la définissait en ces termes : « Intransigeance, foi dans la mission du pays, mépris de la rogne et de la grogne, fulgurante rapidité d'action ; moi, cette femme me rappelle le général de Gaulle. »
Après son départ, on constate qu'au Royaume-Uni les inégalités de revenus se sont creusées, que le taux de chômage reste élevé et que le nombre de familles vivant en dessous du seuil de pauvreté a explosé.

La Dame de fer, initiatrice d'un libéralisme chevronné.

Et si ça ne marche pas avec les abeilles... « Regarde, j'ai sauvé un hanneton ! »

La double vie de Maya

À la télévision, Maya l'abeille dispose d'immenses qualités de cœur. Joli petit insecte drapé dans une combinaison noir et or, de velours et de soie, Maya nous captive par sa témérité et ses valeurs. À l'école maternelle, quand nous ne sommes pas en train d'entourer des « intrus » au feutre, de confectionner des colliers de coquillages ou de découper des ronds et des carrés, nous recherchons la compagnie des abeilles dans la cour de récréation.

En petit groupe, munis d'un seau, d'une passoire, d'un râteau et d'un bâton, nous avons pour objectif de sauver les abeilles en difficulté. Nous apprenons à nos dépens que la télévision n'est qu'un reflet très approximatif

Mettre des formes rondes et triangulaires dans cet étrange cube orange, vraiment ?

de la réalité. Une piqûre me fait enfler dans des proportions si inquiétantes qu'on me fait passer des tests d'allergie. L'expérience est amusante : on me colle sur la peau des sortes de patchs qui font apparaître des boutons plus ou moins gros. Puis le diagnostic est posé – je suis allergique – et notre entreprise de sauvetage d'abeilles fait faillite. Amers, nous prenons collégialement Maya en grippe. Puisqu'elle ne veut pas de notre aide, nous ne voulons plus de sa compagnie. « La rupture bête et brutale », comme le chantait Brel.

Holster et pistolet, Clint Eastwood inspire les plus jeunes.

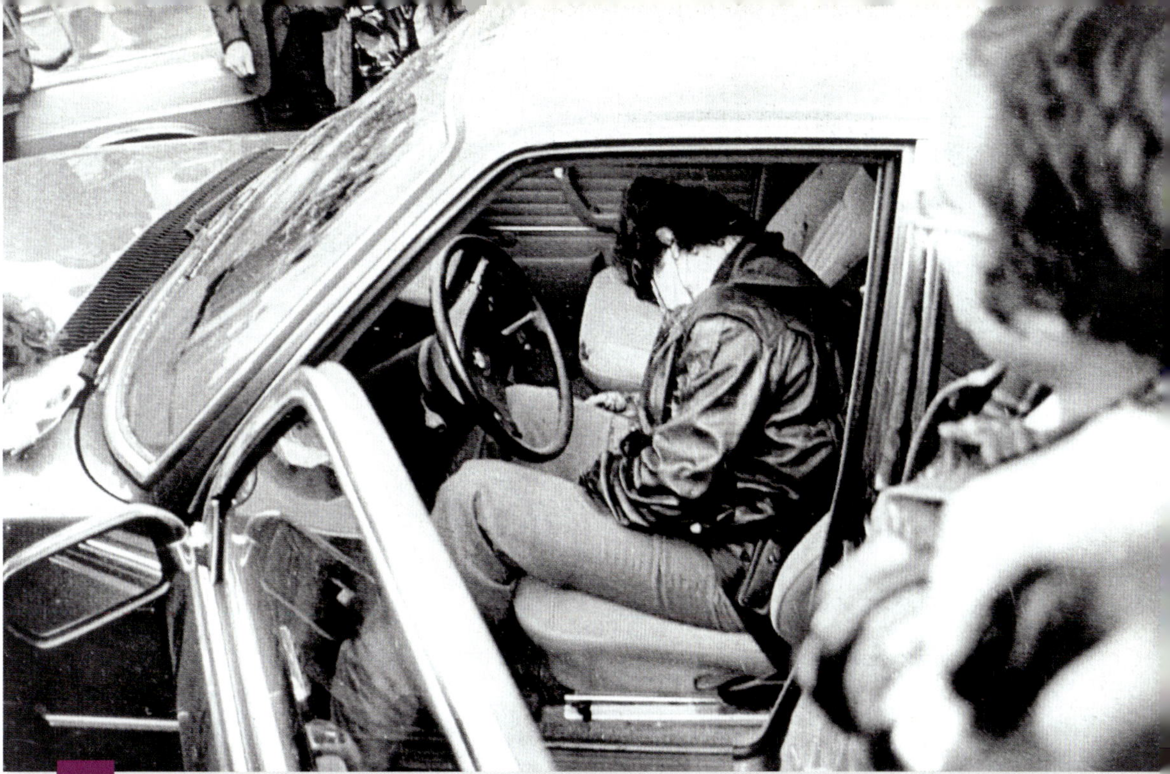

Quelques minutes après l'assaut, Mesrine gît dans sa BMW.

Mort de l'ennemi public numéro un

Le 10 septembre 1979, Jacques Tillier, journaliste de l'hebdomadaire d'extrême droite Minute, *tombe dans un guet-apens tendu par Jacques Mesrine. Celui-ci entend demander des comptes au journaliste, qui a écrit de lui qu'il n'était pas « régulier » avec ses associés. Après l'avoir soumis à un interrogatoire, Mesrine blesse Tillier de trois balles : une dans la joue pour l'empêcher « de dire des conneries », une dans le bras pour l'empêcher « d'écrire des conneries », et une dans la jambe « par simple plaisir ».*
*Cet épisode va précipiter la chute de Mesrine et intensifier les recherches lancées contre lui, alors qu'il est déjà considéré comme l'ennemi public numéro un depuis son évasion de la prison de la Santé, le 8 mai 1978. Arrêté une première fois par le commissaire Broussard dans son appartement du XIII*e *arrondissement à Paris, « l'homme aux mille visages » ne s'est jamais laissé inquiéter par son incarcération. Lors de son procès, il s'est même adressé en ces termes au commissaire Broussard : « Je vais m'évader, et si on se retrouve dans la rue, le premier qui tirera aura raison. T'es d'accord, Broussard ? »*
Le 2 novembre 1979, ce n'est pas à Broussard que Mesrine doit faire face, mais à la brigade de recherche et d'intervention qui encercle sa voiture. Vingt-et-une balles sont tirées. Mesrine meurt sur le coup, sa compagne est grièvement blessée. Le récit que font les différents témoins de cette fusillade n'est pas toujours le même : au moins deux d'entre eux affirment que Mesrine a été purement et simplement exécuté, sans sommation. Quant aux policiers, ils ont toujours démenti cette thèse, justifiant les tirs par une situation de légitime défense.
Dans son autobiographie, L'Instinct de mort, *Mesrine revendiquait trente-neuf meurtres. Dans le cimetière nord de Clichy-la-Garenne, sa tombe est cernée de fleurs, été comme hiver.*

1981-1985

Que les mythes demeurent

T'as ton Tann's ?

Nous ne gardons pas tous un très bon souvenir du fameux Tann's des années 1980. Créé en 1978 par le groupe Le Tanneur, le sac Tann's, moitié cuir, moitié « tout doux », était à cette époque un incontournable de la rentrée scolaire.

Début septembre, juste avant la reprise de l'école, nous faisions la tournée des magasins, en famille, pour acheter nos fournitures. La liste semblait interminable : cahier de brouillon, papier Canson, double-décimètre, ciseaux, papier pour couvrir les livres, colle Cléopâtre, crayon de couleur bicolore (un côté rouge, un côté bleu), sans oublier la trousse (Tann's kaki et marron) et le sac assorti. Une semaine plus tard, la colle Cléopâtre était avalée (qui n'y a jamais goûté ?), les crayons à papier cassés en deux, et la trousse Tann's, maculée de taches de feutre.

Chronologie

Le 24 janvier 1981
TF1 diffuse le premier épisode de « Dallas », série qui remporte un succès immédiat et planétaire. Même François Mitterrand admet se passionner pour les déboires des habitants de Southfork.

10 mai 1981
François Mitterrand est élu président de la République.

23 mai 1981
Le Salon du livre se tient pour la première fois sous la verrière du Grand Palais. Il est inauguré par Jack Lang, nouveau ministre de la Culture.

6 octobre 1981
Anouar el-Sadate, prix Nobel de la paix en 1978 et grande figure du processus de pacification engagé au Moyen-Orient, est assassiné.

2 avril 1982
Invasion des Malouines (territoire britannique d'Outre-mer) par l'Argentine.

27 juillet 1982
Après examen d'une proposition de loi déposée par Robert Badinter, l'Assemblée nationale vote la dépénalisation de l'homosexualité.

5 juin 1983
Âgé de 23 ans, Yannick Noah remporte le tournoi de Roland Garros devant 18 000 spectateurs.

Le 4 novembre 1984
À 8 heures du matin, André Rousselet, président de Canal Plus, ouvre l'antenne de la « Quatrième chaîne », première chaîne privée à voir le jour en France.

1985
En l'espace d'un an, plus d'un million d'exemplaires de disques compacts se sont vendus en France. Le CD devient le successeur désigné du vinyle.

11 mars 1985
Mikhaïl Gorbatchev est élu à la tête de l'URSS.

1er septembre 1985
Au large de Terre-Neuve, une équipe franco-américaine retrouve, à 4 000 mètres de fond, l'épave du Titanic, dont le naufrage remonte à 1912.

Pourtant, la trousse comme le sac tenaient bon toute l'année. Ils étaient increvables, à notre grand regret, car les Tann's n'étaient pas vraiment nos amis. Trop larges, trop hauts, ils recouvraient l'intégralité de notre dos et dépassaient même de part et d'autre de nos épaules. Nous marchions courbés sous leur poids, ils étaient notre voûte céleste, notre carapace tragi-comique, ils représentaient notre implacable destinée scolaire…

Course de petites voitures : l'écart se creuse.

Le maréchal des logis-chef Ludovic Cruchot, promu professeur d'anglais.

Le gendarme et la mort

Le 27 janvier 1983, Louis de Funès succombe à une crise cardiaque. Nous en restons bouche bée. Louis de Funès ! Le gendarme Cruchot, Rabbi Jacob, Hibernatus, Jo, Fantômas ! Nous avons vu presque tous les films dans lesquels il a joué. Avec Pierre Richard, il est l'un des rares adultes à nous amuser. Cette mort stupide nous consterne.

Dire que chaque semaine, nous guettions les programmes de *Télé 7 Jours* dans l'espoir d'une rediffusion… Ces soirs-là, la télé nous était réservée. Nous nous étions si bien approprié ce pantin caractériel et pingre qu'il était devenu notre propre théâtre de marionnettes, notre clown privatif. Nous savions depuis longtemps que sa santé fragile ne lui permettait plus de jouer au théâtre. Mais nos parents nous avaient promis que si un jour il remontait sur scène, nous irions à Paris spécialement pour le voir.

L'annonce de sa mort nous donne l'impression d'avoir été spoliés. On nous a pris quelque chose d'une valeur inestimable, quelque chose d'irremplaçable qui n'appartenait qu'à nous.

Les voix du passé qui nous hantent

C'est en 1981 que Barbara connaît son plus grand succès, à Pantin. Rappelée une bonne partie de la nuit par un public en extase, la dame brune triomphe dans un décor pourpre. C'est lors de ce tour de chant que la voix de la chanteuse s'abîme pour la première fois. À bout de souffle, Barbara tient tête au silence qui l'accable. Privée de son trésor, elle s'en remet à son public qui reprend, pour elle, ses éternels couplets. Et puisqu'elle ne parvient plus à chanter, elle joue, mime, met en scène son histoire. Elle qui ne s'incarne que dans ses textes, qui a fait des mots sa religion et son asile, refuse de rendre les armes. À Pantin, l'artiste entonne les plus belles chansons de son répertoire : Drouot, À mourir pour mourir, Dis, quand reviendras-tu ?, Le Soleil noir, *ou encore* Ma plus belle histoire d'amour.

À compter de ce jour, Barbara est régulièrement raillée pour sa théâtralité exagérée et ses approximations vocales. Sa caricature en diva excentrique à la voix éraillée s'installe peu à peu dans l'imagerie populaire, mais qu'importe : Barbara assume pleinement son extravagance. « Et que mes grands délires me fassent toujours escorte. La raison est venue, j'ai demandé qu'elle sorte. »
Cette voix brisée, haletante et vibrante, la rapproche peut-être plus encore de ses textes et de son message. Dire les choses ici et maintenant, frénétiquement, car il faut se hâter tout en sachant cueillir l'instant : « Il y a si peu de temps, entre vivre et mourir, qu'il faudrait bien, pourtant, s'arrêter de courir. »

Barbara : un timbre, une gestuelle, une profondeur.

En visite au château de Rambouillet.

Ursule, un poussin recueilli et adopté.

Touchez pas au magnéto !

Au début des années 1980, le magnétoscope commence tout juste à se démocratiser. Le modèle Betacam, né de l'alliance entre Sony et Thomson, voit le jour en 1982 : ce sera le premier à s'introduire dans les foyers.

L'arrivée du magnétoscope nous rend fébriles et nerveux, tandis que son principe nous laisse un peu sceptiques. Le procédé de l'enregistrement nous paraît tellement révolutionnaire que nous craignons de nourrir de faux espoirs. Lorsque l'appareil fait son entrée à la maison, nous nous ruons dessus pour pouvoir le toucher, le déballer, aider à son installation, saisir son fonctionnement et percer son mystère.

Nous sommes très vite écartés du jeu : « Les enfants, touchez pas au magnéto. » Une fois, deux fois, trois fois. Las, nous sommes aussi attirés par le magnétoscope qu'Ulysse par les sirènes. Pour justifier notre présence, nous essayons d'avoir des idées fines. « Il faut brancher », conseillons-nous avec prudence et sang-froid. Rien n'y fait. Nous agaçons nos parents et une rafale de « Touchez pas au magnéto ! » s'abat sur nous. Lorsque, une ou deux heures plus tard, le fringant magnétoscope prend place sous la télévision, un seul et même cri déchire le silence : « Comment ça marche ? »

Au terme d'une formation plus ou moins aisée, nous faisons nos premiers essais. Pour lancer l'enregistrement, il faut appuyer simultanément sur deux boutons, et si jamais « on touche à quoi que ce soit » pendant la durée de l'enregistrement, « tout est foutu ». Lire une cassette s'avère plus simple : il suffit d'actionner le bouton « Play ». Nous nous limiterons longtemps à cette fonction, car la peur n'évite pas le danger, et des dizaines d'accidents d'enregistrement ont déjà eu lieu.

En revanche, nous goûtons au bonheur de pouvoir choisir nos programmes et opérons des razzias au vidéoclub : *Superman*, *La Tour infernale*, *La Chèvre*, *Elephant Man*, *Les Dents de la mer*… Le prix de la location n'est pas très élevé (environ 10 francs pour deux jours), et cet investissement marque la fin de l'hégémonie du *Télé 7 Jours*. Nous ne sommes plus tributaires des grilles de programmes, et pouvons enfin façonner une vidéothèque à notre image.

À nous deux !

Rastignac n'est pas le seul à avoir exprimé son ambition en ces termes. Institutrice fraîchement retraitée, notre grand-mère tient à nous aider dans nos devoirs. Grâce à son œil affûté de professionnelle, elle n'est pas longue

Noël et la passion des jeux de stratégie.

La ~~soulies~~ neige
La neige ses comme des plumes
la neige ses la joies de tout le monde
la neige ser ressemble a des bous de papier blancs
On fait des boules de neiges
On fait des beaux n'hommes de neiges
C'est beaux temps ont ne marche pas dessus
C'est un paysage tout blancs
Mais le soleil fait fondre la neige
Les routes sont aussie toute blanche
Les ruisseaux sont en glaces
Les lapins sont dans leurs terriers
Les autres animaux aussi...
et quelque jours après ces Noël ~~et~~
et ont a plein de cadeaux.
et après on retrouve le printemps
C'est la plus belle fête
4

Ode à la neige et orthographe approximative.

à déceler chez nous une forte propension à l'inertie. Chaque séance de travail commence par le même rituel : « À nous deux ! », annonce-elle avant de s'installer à nos côtés devant le minuscule pupitre qui nous tient lieu de bureau.

Tant que nous abordons des disciplines comme les mathématiques ou l'histoire, tout se passe pour le mieux. Mais dès qu'arrive la leçon de grammaire, les choses dégénèrent à la vitesse grand V. On nous demande de souligner en rouge les verbes, en vert les compléments d'objet, en bleu les compléments du nom, en noir les attributs du sujet. Brouillés avec le français et plus particulièrement avec les attributs du sujet, nous avons bien tenté de convaincre notre grand-mère de procéder à un troc : des exercices de maths supplémentaires contre un abandon définitif de la grammaire. Mais rien n'y a fait et, après la grammaire, nous sommes bons pour une « autodictée ». D'ailleurs, notre orthographe n'est pas forcément meilleure : un jour, je rentre dépité de l'école parce qu'au cours d'une dictée, j'ai écrit « en Dantzig » au lieu d'« en dents de scie ».

Si ma grand-mère n'a pas fait pas de moi un littéraire, ses enseignements m'ont tout de même permis de « limiter la casse ». J'ai pris ma revanche sur Dantzig en remportant un concours de maths en CE2, avec une tortue de Floride à la clef – première d'une longue lignée.

Les ailes brisées

En 1982, Romy Schneider est au zénith d'une carrière cinématographique aussi riche que contrastée. Découverte en Allemagne pour son rôle dans Sissi*, l'actrice n'a eu de cesse de tenter de se défaire de l'image lisse et surannée qu'il lui a donnée. De cette époque et de cette gloire écrasante, Romy veut faire table rase : « Je hais cette image de Sissi », confie-t-elle aux journalistes. En Allemagne, ce personnage a figé la carrière de la jeune actrice, désormais vouée aux rôles costumés.*
Assoiffée de nouveauté, elle s'enfuit en France à l'âge de 19 ans. Sa rencontre avec Alain Delon, puis avec Luchino Visconti, la fait accéder au rôle d'Annabella dans Dommage qu'elle soit une putain*.*
Courtisée par l'Amérique, Romy Schneider s'installe pendant un temps à Hollywood où elle tourne avec Otto Preminger.
Inquiète, nerveuse, percluse de trac, Romy est surnommée « Miss Worry » par la presse américaine. De retour en France, elle travaille sous la direction des cinéastes les plus prestigieux : Claude Sautet, Claude Chabrol, Pierre Granier-Deferre, Robert Enrico, Costa-Gravas…
Mais tandis que Romy multiplie les succès professionnels, son naufrage personnel fait la une des journaux. Elle ne parviendra pas à surmonter la mort de son fils David, le 5 juillet 1981. « Que des journalistes se déguisent en infirmiers pour photographier un enfant mort, où est la morale, où est le tact ? », demande-t-elle, exsangue, face aux caméras de télévision. Le 29 mai 1982, elle est retrouvée morte à son domicile du VIIe arrondissement. Un quotidien français titre : « Sissi est morte, Sissi s'est tuée » – un hommage qui sonne comme un dernier affront.

Romy Schneider et Maurice Ronet dans La Piscine.

Souris tintinophile

Même si le mythe du Père Noël est déjà sévèrement écorné dans nos esprits, à l'âge de 7 ans, nous ne pouvons nous empêcher de défaillir d'espoir à l'évocation d'une petite souris dispensatrice de largesses lorsqu'on perd ses dents. Bien entendu, le concept en lui-même ne laisse pas de nous intriguer : qui est cette souris,

La petite souris fait de nous des rois du pétrole à la sortie des classes.

comment apprend-elle qu'une dent est tombée et surtout, comment s'y prend-elle pour apporter un cadeau ?

La plupart des enfants reçoivent alors une pièce de dix francs ou un billet, qu'on peut éventuellement imaginer entre les dents du dévoué rongeur. Mais que dire de la souris passant dans ma famille qui, pour chaque dent tombée, a le génie de glisser sous notre oreiller une BD de Tintin ? De plus, alors que toutes les autres petites souris de l'école sont analphabètes, la nôtre sait écrire et laisse régulièrement un commentaire ou une appréciation personnelle à côté de la bande dessinée : « J'espère que ce nouvel album te plaira. Milou va risquer sa vie pour sauver Tintin. Je t'embrasse. La petite souris. »

Tandis que notre collection d'albums de Tintin s'agrandit au fur et à mesure que nos dents de lait tombent, nous nous inquiétons de l'avenir de notre souris tintinophile, ou plus exactement de celui de nos parents. Devons-nous leur avouer que la présence chez nous d'un rongeur fort en thème nous semble de plus en plus suspecte ? Toutes les idoles sont-elles bonnes à être brûlées ? Le monde des adultes doit-il être aussi désenchanté que celui des enfants ?

La petite sœur

Née en 1980, ma sœur est immédiatement désignée par la locution « la petite sœur ». Si pour nos parents elle est « notre » petite sœur, nous la mettons à distance avec un article défini. Il nous faut un temps d'adaptation avant de l'admettre dans notre cercle de jeux. On peut dire que j'ai été l'artisan du rapprochement. Avant tous les autres, j'ai compris l'utilité d'avoir un bébé à portée de main. Faut-il mettre la table, préparer des valises, ranger les chambres, passer l'aspirateur ? Impossible ! Je ne peux pas, je garde la petite sœur.

D'autant qu'il ne s'agit pas d'une tâche ingrate, loin de là. Il suffit d'installer le berceau devant la télévision et de la regarder comme si de rien n'était – sans oublier de prévenir les parents en cas de toux ou de pleurs. Le nourrisson m'apparaît alors comme l'instrument de la libération, de la paix chez soi. Le pli étant pris, je continuerai à la garder durant de nombreuses années.

Scène historique au cours de laquelle Dark Vador avoue être le père de Luke Skywalker.

Star Wars : moi Jedi, toi R2D2

Sortis en 1977, 1980 et 1983, les trois derniers volets de la saga *Star Wars* représentent un événement décisif dans l'histoire du cinéma, et ne cesseront de hanter les enfants que nous sommes. L'univers manichéen de Georges Lucas, fait de combats, d'insubordination et de rédemption, marque nos jeux et notre langage. À la maison, nous passons des après-midi entières à rejouer les scènes-clés de l'épopée *Star Wars*. Mais si chacun se bouscule pour interpréter le rôle de Luke Skywalker, rares sont ceux qui acceptent d'endosser le costume moins gratifiant de Chewbacca ou de C3PO. Qu'à cela ne tienne, nos animaux de compagnie participent à la reconstitution : Maître Yoda est interprété par un chat, tandis qu'un lapin nain incarne l'empereur. Nous combattons avec des rouleaux de papier-cadeau en guise de sabres laser, et nos affrontements ne sont pas sans danger. Nous finissons souvent à terre, ou du côté obscur (c'est-à-dire punis pour tapage excessif).

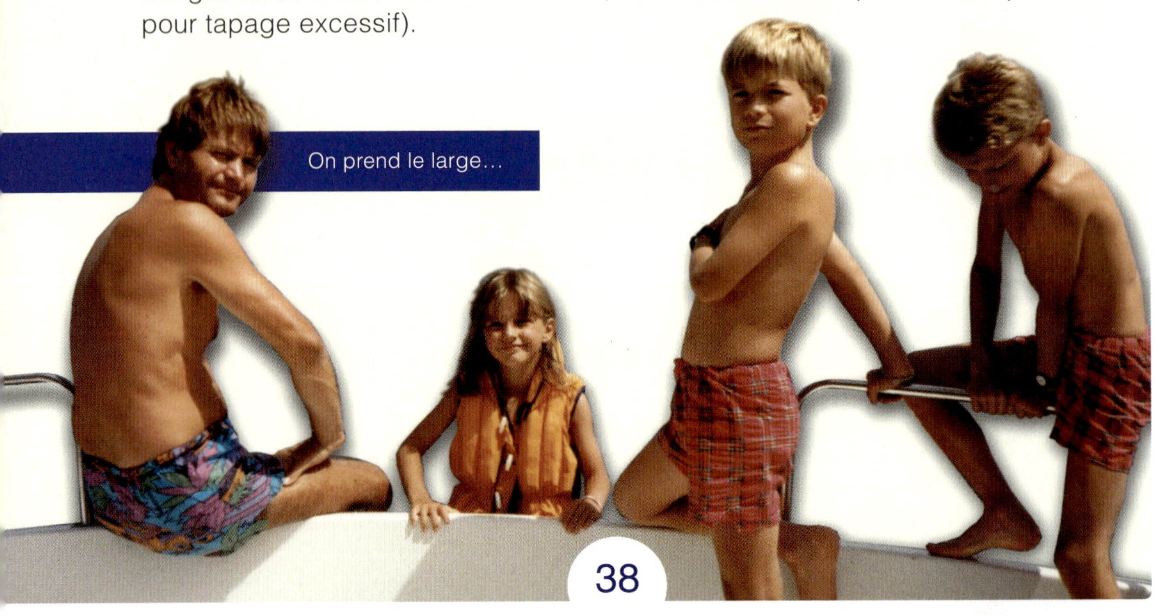

On prend le large…

Klaus Barbie : fin d'une cavale de trente-neuf ans

Le 25 janvier 1983, Klaus Altmann, négociant, est arrêté en Bolivie parce qu'il n'a pas payé une amende pour fraude fiscale. Identifié dès 1972 par les époux Klarsfeld, Klaus Barbie, ancien dignitaire nazi réfugié en Amérique du Sud, est enfin officiellement démasqué. Chose à peine croyable, en 1972, Ladislas de Hoyos, alors journaliste pour « 24 heures » sur Antenne 2, avait pu interviewer le mystérieux Klaus Altmann, et assister à sa chute. Le journaliste résume en ces termes cet incroyable entretien : « Nous avons eu une conversation en espagnol mais, maîtrisant plus l'allemand que l'espagnol, nous avons employé la langue de Goethe. Il me parlait de son engagement dans la Wehrmacht et non dans la SS quand, soudainement, je lui pose une question en français : "N'êtes-vous jamais allé à Lyon ?" Une question incompréhensible si on ne parle pas français. Il me répond du tac au tac en allemand : " Lyon, je n'y ai jamais mis les pieds." À ce moment-là, je savais qu'il était cuit, et lui aussi. Ça s'est vu dans ses yeux. »

Onze ans après, Barbie est extradé en France et envoyé à Lyon. Le 5 février 1983, Klaus Altmann admet avoir été « Klaus Barbie en temps de guerre » et est interné à la prison de Montluc. Ancien chef de la Gestapo de la région lyonnaise, commanditaire de la déportation de milliers de Juifs à Drancy, de la rafle d'Izieu et de multiples actes de torture, « le boucher de Lyon » va enfin affronter son passé. Car pour Klaus Barbie, la prescription ne peut jouer : le caractère imprescriptible des crimes contre l'humanité a été défini dès le 8 août 1945, dans la charte du tribunal de Nuremberg. En 1987, Klaus Barbie est, sans surprise, condamné à la réclusion criminelle à perpétuité.

Klaus Barbie, défendu par maître Vergès, après trente ans de cavale.

1986-1989

Les temps modernes

Le règne des couettes n'en a plus pour très longtemps.

L'Amstrad CPC

En 1988, l'arrivée de l'Amstrad CPC, notre première console de jeux vidéo, nous ouvre de tout nouveaux horizons. Nous n'avons bien évidemment pas conscience de la lenteur extrême de l'appareil : il faut patienter dix à quinze minutes avant que l'ordinateur ne soit en état de marche. Les décors sont minimalistes, la manette d'utilisation est imposante et la maniabilité

Chronologie

17 septembre 1986
L'attentat de la rue de Rennes, à Paris, est le dernier d'une série commencée le 4 septembre. Il est aussi le plus meurtrier : sept morts et une soixantaine de blessés.

17 novembre 1986
Le PDG de Renault est assassiné par le groupe Action directe.

1er décembre 1986
Le musée d'Orsay est inauguré par François Mitterrand, Jacques Chirac et Valéry Giscard d'Estaing.

1987
Sabrina Salerno, plus connue sous son seul prénom, affole le Top 50 avec sa chanson *Boys (Summertime Love)*. Rarement un bikini aura fait autant parler de lui.

22 février 1987
Le roi du pop art, Andy Warhol, meurt à New York.

3 mai 1987
Dalida, l'interprète de *Gigi L'amoroso* et de *Il venait d'avoir 18 ans*, se donne la mort en laissant pour seule explication : « Pardonnez-moi, la vie m'est insupportable. »

19 octobre 1987
Un krach boursier de grande envergure bouleverse le cours des actions à Wall Street.

18 juillet 1988
La Dernière Tentation du Christ de Martin Scorsese fait scandale dans le monde entier. En dévoilant un Christ en proie aux doutes, le cinéaste s'attire les foudres des catholiques.

13 août 1988
Après des années d'expertises et de contre-expertises, il est établi que le Saint-Suaire, confectionné entre 1260 et 1390, n'a pas servi de linceul au Christ mais à un supplicié.

11 février 1989
Nelson Mandela est libéré de prison : il y aura passé vingt-sept ans.

9 novembre 1989
Le mur de Berlin, qui séparait l'Allemagne en deux États (RFA et RDA), tombe sans violence.

Mao Zedong vu par Andy Warhol.

vraiment réduite. De plus, il n'est pas possible d'enregistrer une partie : une fois qu'un personnage est mort, il l'est définitivement et on est bon pour tout recommencer du début. Autant dire que la manette vole plus d'une fois et que les accès d'humeur ne sont pas rares devant l'écran.

À chaque anniversaire, nous commandons de nouveaux jeux : Barbarian, Arkanoïd, Boulder Dash, Eden Blues… Ce dernier jeu est de loin le plus agaçant. Dans la peau d'un prisonnier cherchant à s'évader d'un pénitencier, nous devons passer de pièce en pièce tandis que l'espace se rétrécit : les murs descendent, les portes rapetissent et le personnage peut être écrasé à tout instant. Même nos parents se passionnent pour les aventures de ce détenu dont la mort nous est signalée par l'apparition d'une croix. Jamais nous ne parviendrons au bout du jeu. Et inutile d'envisager à l'époque de se renseigner sur des forums de discussion sur Internet pour en savoir plus…

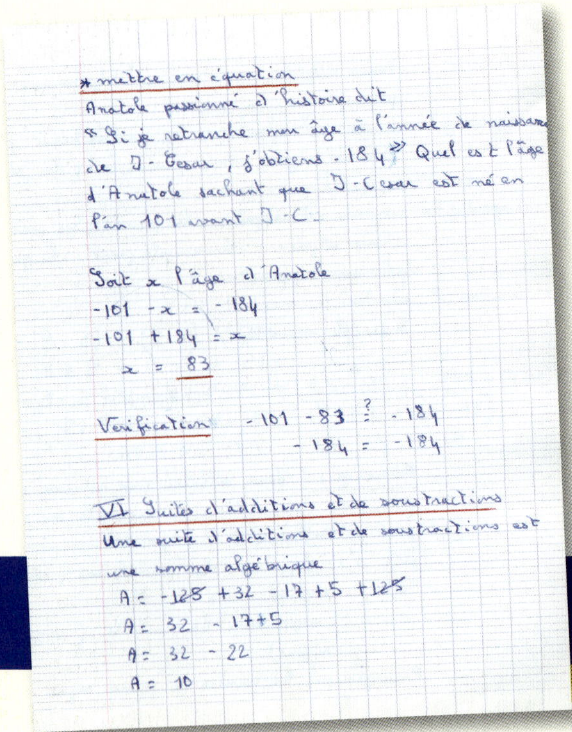
* mettre en équation

Anatole passionné d'histoire dit « Si je retranche mon âge à l'année de naissance de J-César, j'obtiens -184 » Quel est l'âge d'Anatole sachant que J-César est né en l'an 101 avant J-C.

Soit x l'âge d'Anatole

$-101 - x = -184$

$-101 + 184 = x$

$x = 83$

Vérification $-101 - 83 \stackrel{?}{=} -184$

$-184 = -184$

VI Suites d'additions et de soustractions

Une suite d'additions et de soustractions est une somme algébrique

$A = -128 + 32 - 17 + 5 + 128$

$A = 32 - 17 + 5$

$A = 32 - 22$

$A = 10$

Les mises en équation, un grand classique de la classe de cinquième.

Pelotes de réjection, lait de poule et refus total de travailler

Au collège, les jours se suivent et se ressemblent. Dans toutes les matières, le programme nous semble farfelu, quand il n'est pas rébarbatif. En entamant la dissection d'une pelote de réjection en classe de sciences naturelles, nous regardons d'un œil paresseux l'amas de poils, coquilles, os et arêtes qu'il va falloir décortiquer. La découverte du régime alimentaire d'une chouette ne soulève pas un enthousiasme massif. La confection d'un lait de poule en cours exceptionnel de cuisine ne nous transporte pas davantage. Mais au moins sommes-nous en mesure d'appliquer la recette à la maison et de prouver que nous ne perdons pas totalement notre temps à l'école…

En technologie, nous nous prenons un peu plus au jeu en réalisant une alarme avec buzzer. Nous devons suivre un schéma et réaliser des soudures sur un circuit imprimé. L'utilisation d'un pistolet à souder et d'un fil

Le walkman, un ancêtre éloigné du baladeur MP3.

d'étain est vaguement distrayante, et nous retirons une certaine fierté du produit fini.

De mon bulletin scolaire, mes parents ne retiennent malheureusement que l'appréciation de mon professeur de musique : « Refus total de travail, 0/20 ». La musique a eu plus que jamais raison de ma patience, peut-être à cause du mauvais souvenir du conservatoire. Cette note, d'ailleurs, me convient et m'honore presque. Si je ne suis pas Mozart, au moins l'ai-je toujours su. Ma lucidité est mon trophée.

Thierry Le Luron en compagnie de Line Renaud.

Les destins foudroyés de Coluche, Balavoine et Le Luron

En 1986, la France perd trois de ses plus grandes vedettes dans des circonstances dramatiques. Le 14 janvier, alors qu'il participe au rallye Paris-Dakar avec Thierry Sabine, Daniel Balavoine meurt dans un accident d'hélicoptère. Cinq mois plus tard, Coluche, au sommet de sa gloire, percute un camion au volant de sa moto et meurt sur le coup. Le 13 novembre, l'imitateur Thierry Le Luron, médiatique interprète de L'Emmerdant c'est la rose, décède des suites d'un cancer foudroyant.

La mort de ces trois artistes, connus pour être de farouches opposants au pouvoir établi, prive la France d'une certaine voix de la contradiction. En 1985, Thierry Le Luron et Coluche s'étaient distingués en simulant un mariage et en invitant tous les Français à assister au spectacle. L'occasion pour eux de lancer un premier débat sur le mariage homosexuel. Depuis sa candidature aux présidentielles de 1981, Coluche s'était attiré les foudres de bien des adversaires et avait été victime de menaces de mort. Dans Coluche, l'accident. Contre-enquête, Antoine Casubolo et Jean Depussé laissent entendre que l'humoriste aurait pu être la cible d'un assassinat. D'après eux, Coluche aurait eu l'intention de révéler au cours d'un spectacle l'existence de Mazarine Pingeot et de dénoncer la mise sur écoute du polémiste Jean-Edern Hallier.

Les fausses pubs

En 1987, les Nuls débarquent à la télévision et se font connaître notamment grâce à leurs fausses publicités. Alain Chabat, Bruno Carette, Chantal Lauby et Dominique Farrugia parodient à l'envi les messages publicitaires qui pullulent sur le petit écran. La même année, nos parents investissent dans une petite caméra et nous en faisons rapidement notre propriété. À notre tour, nous allons reprendre toutes les publicités de l'époque : Mamie Nova (« Merci qui ? Merci Mamie Nova ! »), Le Chat Machine, Joker, Éram (« Il faudrait être folle pour dépenser plus ! »)... L'expérience nous enchante et nous donnons libre cours à notre créativité. Déguisements, mise en scène, dialogues : nous travaillons avec rigueur et professionnalisme.

Si nous opérons le plus souvent en cachette, car le déploiement de ce fatras d'accessoires n'est pas forcément du goût de tout le monde, nous montrons cependant régulièrement nos œuvres à un public admiratif. Encouragés par le succès remporté, nous nous lançons dans une reconstitution de l'assassinat de JR Ewing dans « Dallas ». Détail important s'il en est : notre jeune sœur s'est emparée d'une bouteille pour incarner le personnage de Sue Ellen...

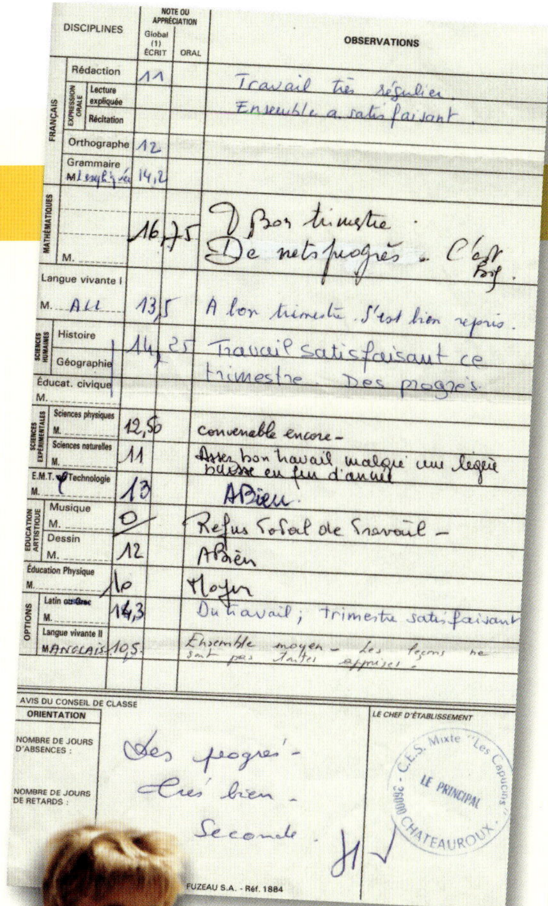

DISCIPLINES	NOTE OU APPRÉCIATION Global (1) ÉCRIT	ORAL	OBSERVATIONS
FRANÇAIS Rédaction	11		Travail très régulier. Ensemble satisfaisant.
Lecture expliquée			
Récitation			
Orthographe	12		
Grammaire	14,2		
MATHÉMATIQUES	16,75		Bon trimestre. De nets progrès. C'est bien.
Langue vivante I ALL	13,5		Bon trimestre. S'est bien repris.
Histoire / Géographie / Éducat. civique	14,25		Travail satisfaisant ce trimestre. Des progrès.
Sciences physiques	12,50		convenable encore –
Sciences naturelles	11		Assez bon travail malgré une légère baisse en fin d'année
E.M.T. Technologie	13		A Bien.
Musique	0		Refus total de travail –
Dessin	12		A Bien
Éducation Physique	10		Moyen
Latin	14,3		Du travail ; trimestre satisfaisant
Langue vivante II ANGLAIS	10,5		Ensemble moyen – Les leçons ne sont pas toujours apprises.

AVIS DU CONSEIL DE CLASSE – ORIENTATION
NOMBRE DE JOURS D'ABSENCES :
NOMBRE DE JOURS DE RETARDS :
Des progrès – Très bien. Seconde.
LE CHEF D'ÉTABLISSEMENT
C.E.S. Mixte "Les Capucins" LE PRINCIPAL 36000 CHATEAUROUX
FUZEAU S.A. - Réf. 1884

On passera sur la musique.

Avant de s'élancer sur la planche, un long travail de gréement est nécessaire.

Le nuage noir de Tchernobyl

Le 26 avril 1986, le réacteur n° 4 de la centrale ukrainienne de Tchernobyl est entièrement détruit par une explosion, imputable à une série d'erreurs humaines. C'est le début d'un incendie long de dix jours, responsable de la projection d'une importante quantité d'éléments radioactifs dans l'atmosphère. Un nuage noir se forme à l'est de l'Europe et menace de contaminer l'ensemble des pays alentour. Le nuage gagne rapidement la Biélorussie et la Russie, puis, dans une moindre mesure, treize pays européens. 250 000 personnes vivant dans les zones les plus touchées sont évacuées.
L'accident de Tchernobyl constitue la plus grande catastrophe de toute l'histoire de l'industrie nucléaire. Le bilan humain est particulièrement lourd et les spécialistes s'accordent à dire qu'il ne pourra jamais être définitivement établi. Si plusieurs agences de l'ONU évaluent le nombre de décès directement liés à la radioactivité à 4 000, Greenpeace estime que 90 000 personnes ont péri à la suite de ce drame.
Les « liquidateurs » ont été les plus exposés aux fumées toxiques. Les résidents des zones contaminées ainsi que leurs enfants ont été massivement victimes de cancers de la thyroïde. L'OMS dresse également une longue liste d'affections ayant touché les enfants : maladies cardiovasculaires, cataractes, anomalies chromosomiques, problèmes de stérilité. Des photos d'enfants malformés aux membres atrophiés ont fait le tour du monde. Enfin, l'environnement a subi de plein fouet les conséquences de l'explosion : faune et flore ont été ravagées par les déchets polluant l'atmosphère.

L'explosion de la centrale de Tchernobyl, une catastrophe aux conséquences encore mal évaluées.

Le bonheur du camping.

Le Futuroscope

En 1987, l'ouverture du Futuroscope de Poitiers est annoncée à grand renfort de publicités et d'articles. Parc futuriste dont les attractions font la part belle au multimédia, aux techniques cinématographiques et à la robotique du futur, nous rêvons de découvrir ces attractions d'un genre nouveau, fraîchement inaugurées par Jacques Chirac, alors Premier ministre.

En arrivant au Futuroscope, nous sommes frappés par l'immense boule blanche qui orne la façade. Elle nous rappelle « le Rôdeur » dans l'une de nos séries fétiches, « Le Prisonnier ». Nous savons que ce blockhaus, placé sous le signe de la science-fiction, est fait pour nous. La foule est impressionnante, et il nous faut attendre bien longtemps pour accéder enfin aux montagnes russes. Assis face à un écran géant sur des fauteuils mobiles, attachés avec de lourdes ceintures, nous sommes secoués au rythme des montées et descentes d'un train infernal. L'expérience est tout à fait inédite.

Les formes géométriques du Futuroscope de Poitiers : une sphère sur un prisme droit.

En 1987, Disneyland n'existe pas encore en France, les effets spéciaux à la Space Mountain nous sont totalement étrangers, et les quelques attractions de fêtes foraines auxquelles nous avons assisté ne rivalisent en rien avec ces montagnes russes. Nous sommes remués de toutes parts, l'effet est spectaculaire et renversant. C'est donc à regret que nous quittons les pavillons de verre et de métal du Futuroscope, sous l'œil inquisiteur du Rôdeur.

Bicentenaire de la Révolution

Le 14 juillet 1989, toutes les villes de France s'apprêtent à commémorer le bicentenaire de la Révolution. Les enfants, bariolés de bleu, blanc et rouge, chantonnent : « Ah ! ça ira, ça ira, ça ira / Les aristocrates à la lanterne / Ah ! ça ira, ça ira, ça ira / Les aristocrates on les pendra ! » Des drapeaux sont accrochés dans tous les centres-villes et tous réaffirment, deux cents ans après, leur soif de liberté, d'égalité et de fraternité.

Pour les collégiens que nous sommes, l'exercice est moins festif. Nous avons dû nous contenter d'un exposé détaillé sur les causes et les conséquences de la Révolution. La liesse populaire parvient difficilement jusqu'à nous, à croire qu'il faut être très jeune ou très vieux pour saisir ces choses-là. En fin de journée, un feu d'artifice tricolore est tiré, et les enfants restent aux premières loges pour chanter la patrie et l'abolition des privilèges.

Bien harnachés sur les pistes vertes et bleues des Gets.

Les clips de M6

Le 1er mars 1987, une nouvelle chaîne privée généraliste voit le jour : M6. Nous sommes nombreux à guetter d'un œil attentif cette arrivée, à une époque où les chaînes se comptent littéralement sur les doigts d'une main. M6 retient immédiatement notre attention grâce à ses clips, diffusés sans interruption durant des après-midi entières. Beaucoup

Bien avant la caméra intégrée au smartphone...

Kurt Cobain, pionnier de la mouvance grunge.

d'entre eux sont assez recherchés et s'apparentent à d'authentiques courts-métrages. Outre les bijoux de mise en scène comme *Thriller*, le clip de la chanson *Les Démons de minuit* (Images) nous amuse particulièrement par son aspect loufdingue et incongru. D'autres, comme ceux de Mylène Farmer, éveillent en nous curiosité et stupéfaction : c'est bien la première fois que des images aussi licencieuses sont projetées à des heures pareilles.

Parmi nos clips préférés, certains sont devenus des classiques : *Chic Planète* (L'Affaire Louis Trio), *Nuit de Folie* (Début de soirée), *En rouge et noir* (Jeanne Mas)... Les années 1980 ne consacrent pas encore d'artistes aussi formatés que les années 1990 et leurs boys bands : priorité est donnée à l'extravagance et à l'anticonformisme. Tout est bon pour choquer, divertir, surprendre. De l'indescriptible brosse de Jeanne Mas au maboulisme des Rita Mitsouko en passant par l'univers abracadabrant d'Indochine, la décennie fait la part belle aux joyeux marginaux. Les années 1980 n'imposent aucun diktat sinon celui d'être résolument à côté de la plaque.

Vanessa Paradis : chanteuse, comédienne et… conspuée

À la fin des années 1980, avec son mince filet de voix et son sex-appeal de Lolita, Vanessa Paradis incarne l'adolescente dévoyée par excellence, une sorte de mauvaise fréquentation honnie des mères de famille, mais idolâtrée par les collégiens. Son style – jeans larges et délavés, sweats amples aux couleurs chatoyantes – se répand dans les établissements secondaires à une vitesse fulgurante. Chacune de ses apparitions crée l'émeute : on veut voir l'ado, la seule, à vrai dire (si l'on excepte la plus sage Elsa), à représenter les 10-18 ans. Car à cette époque, la téléréalité n'existe pas encore : les jeunes gens sont une minorité presque invisible dans le paysage audiovisuel français.

En dépit d'une popularité grandissante, Vanessa Paradis, sifflée et lynchée à chacune de ses apparitions, cristallise autour d'elle une haine à peine compréhensible. Mais ces manifestations d'hostilité n'entament en rien la volonté de l'artiste, qui ajoute une nouvelle corde à son arc en jouant dans le film Noce Blanche *en 1989. Touchante et étonnamment juste dans ce rôle d'adolescente à la dérive, elle décroche le César du meilleur espoir féminin. Elle confiera pourtant avoir très mal vécu le tournage, face aux exigences d'un réalisateur (Jean-Claude Brisseau) à la réputation sulfureuse. Alors qu'elle rafle, la même année, une Victoire de la musique, elle est accueillie comme à son habitude par une pluie de quolibets et de sifflets. Si, comme le disait Flaubert, « On peut calculer la valeur d'un homme d'après le nombre de ses ennemis », force est de constater que Vanessa Paradis est quelqu'un de remarquable.*

Vanessa Paradis dans *Noce blanche*.

1990-1993

La croisée des chemins

L'heure des premières interrogations sur l'avenir a sonné.

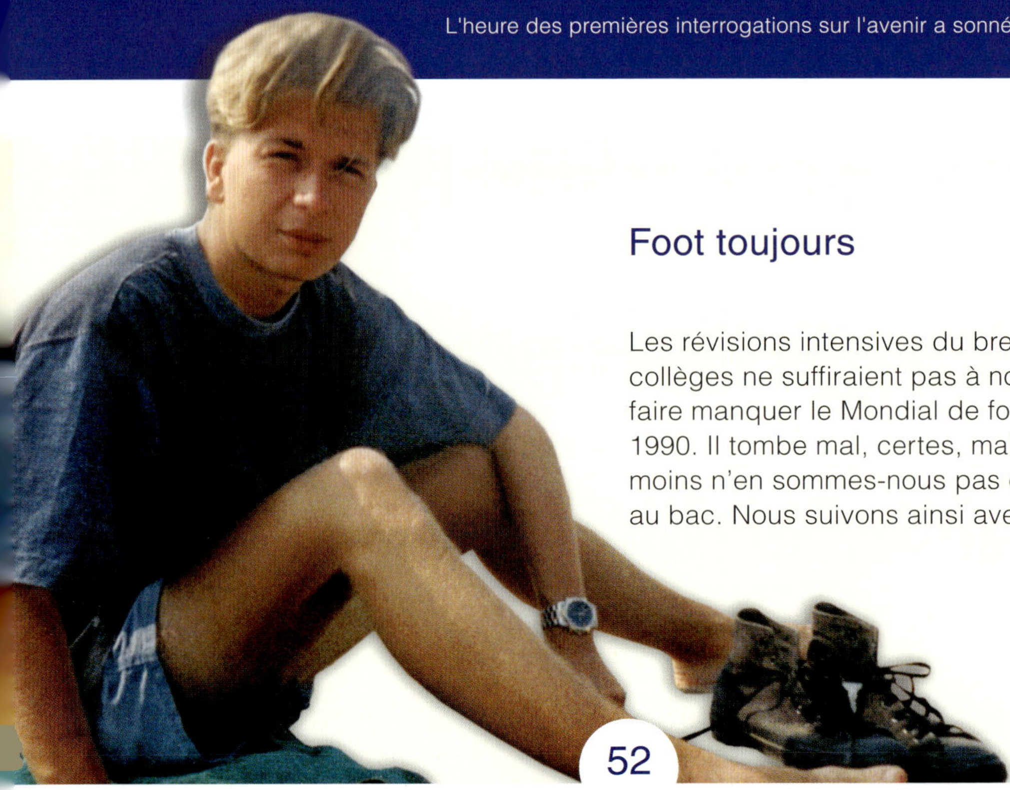

Foot toujours

Les révisions intensives du brevet des collèges ne suffiraient pas à nous faire manquer le Mondial de football 1990. Il tombe mal, certes, mais au moins n'en sommes-nous pas encore au bac. Nous suivons ainsi avec une

Chronologie

2 août 1990
Les chars de Saddam Hussein envahissent le Koweït.

1er octobre 1990
Au Rwanda, début de l'attaque des exilés tutsis depuis l'Ouganda.

10 janvier 1991
La loi Évin, qui vise à durcir la réglementation en vigueur sur le tabagisme, est adoptée. Corrélativement, la publicité en faveur de l'alcool est désormais très encadrée.

16 mai 1991
Édith Cresson est la première femme Premier ministre de la France.

Juin 1991
En Afrique du Sud, l'apartheid est définitivement aboli. Un gouvernement démocratique est mis en place.

12 avril 1992
Mickey, Donald, Cendrillon et tous les autres font une entrée remarquée à Marne-la-Vallée, avec l'inauguration de Disneyland.

5 mai 1992
En Corse, une tribune s'effondre au stade Armand-Cesari de Furiani lors de la demi-finale de la Coupe de France. Dix-huit personnes meurent dans la tragédie et les blessés se comptent par centaines.

11 mai 1992
« Hélène et les garçons », série guimauve diffusée sur TF1, remporte un succès immédiat auprès des écoliers et des collégiens, et fait exploser l'audimat dans la tranche horaire 17-18 heures.

24 décembre 1992
Peyo, le père des Schtroumpf, s'éteint. Dorothée rend un hommage émouvant au créateur de ces courageux petits êtres bleus, ennemis jurés de Gargamel et de son âme damnée Azraël.

1993
Alain Souchon proteste contre la société de consommation dans *Foule sentimentale* : « Oh la la la vie en rose / Le rose qu'on nous propose / D' avoir les quantités d'choses / Qui donnent envie d'autre chose. »

30 avril 1993
Monica Seles, championne de tennis, est poignardée lors du tournoi de Hambourg.

Capitaine de l'équipe d'Allemagne, Lothar Matthäus supplante tous ses adversaires lors du Mondial 1990.

grande assiduité les matchs se déroulant en Italie, avec quelques équipes favorites : le Cameroun, grand outsider de ce Mondial, qui a réussi l'exploit d'aller jusqu'en quart de finale, et l'Allemagne, qui a attiré notre attention dès le début. Rudi Völler, Lothar Matthäus ou encore Andreas Brehme : nous connaissons la composition de l'équipe d'Allemagne sur le bout des doigts. Bien mieux en tout cas que l'agriculture des États-Unis ou l'histoire de la décolonisation, deux thématiques au programme du brevet.

Chaque soir, nous luttons pour obtenir le droit de regarder ne serait-ce qu'un match. Toute autre activité que le football nous semble alors singulièrement pénible, et il faut faire preuve de beaucoup d'imagination pour nous convaincre d'éteindre le poste. Nous ne rêvons que de nous égosiller : « Péno ! Coup franc ! Hors-jeu ! » Et lorsque l'Allemagne triomphe, nous exultons. Par la suite, nous ferons main basse sur tous les produits dérivés : Italia 90 sur Amstrad, livres sur les meilleurs moments du Mondial, encyclopédie des joueurs. Dans les jardins et les parcs, sur les plages, nous n'avons plus qu'une idée en tête : courir ballon au pied et tenter d'égaler Lothar Matthäus.

Soirée chamallows grillés à la fin de l'été.

Zola sous scellés

En classe de seconde, on nous impose l'étude d'une œuvre de Zola. Un délai de trois mois nous est imparti pour rédiger une fiche de lecture d'*Au bonheur des dames*. L'exemplaire flambant neuf de ce tome des « Rougon-Macquart » trône dans notre bibliothèque, à une distance

Casser un œuf pour réparer le radiateur d'une Jeep ? Colmater une fuite d'acide avec du chocolat ? Pas de problème, Mac Gyver est là.

respectable des autres livres et de nos cassettes de Mac Gyver – peut-être craignons-nous un effet de contamination. Aujourd'hui encore, nous pourrions en dessiner la couverture les yeux fermés : une femme vêtue de rouge, vue de dos, avec à sa droite, posés sur des étals portant l'inscription « Soldes occasions », des tissus de couleurs diverses.

Après avoir longtemps remis au lendemain ce que nous aurions pu faire le jour même, nous acquérons bientôt la certitude que notre exemplaire restera « sous scellés ». À l'examen de la quatrième de couverture, nous nous faisons définitivement une raison : il nous faut trouver un suppléant dans les meilleurs délais. On nous demande non seulement un résumé, mais aussi une présentation des personnages principaux et une analyse critique du livre – une performance tout bonnement irréalisable par de modestes lecteurs de quatrième de couverture.

Et cela se passe comme à chaque fois : grâce à un échange de bons procédés, on trouve quelqu'un de doué pour desceller Zola, avec un résultat allant bien au-delà de nos espérances. Notre professeur de lettres ne tarde pas à s'étonner de notre étonnante maîtrise du naturalisme... finalement interrogés à l'oral, nous voilà contraints d'admettre que le nom d'Octave Mouret ne nous dit rien du tout.

Au bonheur des dames n'est pas notre unique malheur : en seconde, il nous faut aussi nous lancer dans l'apprentissage (la révision ?) des figures de rhétorique. Outre la métaphore et la litote, toutes deux assez aisément reconnaissables, il nous faut nous familiariser avec des espèces autrement plus barbares comme la métonymie, l'anacoluthe, l'oxymore, la synecdoque ou l'allégorie. Appellations bien énigmatiques que nous avons pour mission de recaser dans des commentaires de textes, en ayant si possible le bon goût d'en déceler au moins trois par analyse.

Premières chaussures à talons.

Nous nous aimions, le temps d'une chanson…

Si la fumée envoie au Paradis…

… Alors Gainsbourg est du bon côté du ciel, ce matin d'hiver du 2 mars 1991. Fans du Poinçonneur des Lilas, *de* La Javanaise, *de* Lemon Incest *ou de* Love on the beat, *amateurs de jazz ou de reggae, de musique classique ou de rap, nous avons tous su trouver au moins un thème de prédilection dans les chansons de l'homme à la tête de chou. Abonné au scandale, tricard des médias pour état d'ivresse sur les plateaux de télévision, le Gainsbourg que nous avons connu dans notre adolescence ne ressemblait en rien à celui de* Salut les copains. *Décadent, vindicatif, l'insulte facile, il était une bombe humaine lâchée sur les écrans de nos télévisions. « Elephant man » de la petite lucarne, il inspirait aux spectateurs tour à tour admiration, commisération et dégoût. Bête de cirque autant que bête de scène, il nous fascinait par sa misanthropie, sa solitude, son goût immodéré de la provocation et ses tendances autodestructrices. Gainsbourg, « le gars qu'on croise et qu'on ne regarde pas », oublié des fées et de la gloire, qui avait mis si longtemps à se faire un nom, s'était mué en un monstre bouillonnant, vengeur et irascible. Lui qui se rêvait peintre s'était distingué dans la chanson sans en tirer grande vanité, considérant celle-ci comme un « art mineur », une sous-discipline sans grande portée. Gainsbourg n'était pas homme à s'enorgueillir de ses œuvres : « Si j'étais Dieu, disait-il, je serais peut-être le seul à ne pas croire en moi. »*

Freddie Mercury, figure emblématique de Queen.

Les années sida

En 1991, l'affaire du sang contaminé donne un coup de projecteur à un virus dont on ne parlait que très peu jusque-là, et qui stigmatisait sévèrement ceux qui en étaient porteurs. Régulièrement associé par des fondamentalistes religieux à un « châtiment divin » pour homosexuels et drogués, le sida est longtemps occulté de la scène publique.

Il faudra donc attendre 1991 et la médiatisation de cette affaire d'hémophiles transfusés avec du sang contaminé pour que les « sidaïques » deviennent des « sidéens » et gagnent un peu du respect qui leur est dû. En 1987, Jean-Marie Le Pen n'hésitait pas à s'attaquer en ces termes aux malades du sida : « Le sidaïque [...], il faut bien le dire, est contagieux par sa transpiration, ses larmes, sa salive, son contact. C'est une espèce de lépreux, si vous voulez. »

Peu à peu, des campagnes de prévention voient le jour dans les collèges et lycées, et des préservatifs sont distribués aux élèves. Au cinéma, Cyril Collard tourne Les Nuits fauves *en 1992,* Philadelphia *consacre Tom Hanks en 1993, tandis que le chanteur Mano Solo évoque la maladie en 1993 dans son premier album* La Marmaille nue.

Lorsque l'immense voix de Queen, Freddie Mercury, s'éteint, le monde entier s'émeut des ravages d'une maladie qui frappe aveuglément et condamne à court terme. Si la recherche s'attelle déjà à la mise au point de la trithérapie, les personnes contaminées continuent de mourir par milliers. Au moins dit-on de plus en plus souvent de quoi elles sont mortes. Hervé Guibert, écrivain et photographe, disait du philosophe Michel Foucault, mort du sida en 1984 : « On lui vola sa mort, lui qui avait voulu en être le maître, et on lui vola jusqu'à la vérité de sa mort, lui qui avait été le maître de la vérité. Il ne fallait surtout pas prononcer le nom de la lèpre... on en déguiserait le nom sur les registres de décès, on fournirait à la presse de faux communiqués. »

« Pas tout à fait mort »

Le 1er mai 1993, jour de la fête du Travail, nous apprenons par un flash spécial le suicide de Pierre Bérégovoy. Mis en cause dans une affaire de malversations financières, celui qui s'était toujours affirmé comme un pourfendeur de la corruption n'a visiblement pas supporté que son nom soit associé à de telles pratiques. Lors du journal télévisé relatant la dernière journée du Premier ministre, Claire Chazal déclare que Pierre Bérégovoy ne serait « pas tout à fait mort ».

Abasourdis, nous nous observons les uns les autres comme pour nous assurer que nous avons bien entendu. Cette mort en direct nous coupe les jambes : on n'aurait pas pris moins de gants pour décrire l'agonie d'un animal. Nous ne parvenons pas à nous imaginer comment les choses se passent sur place, quels bruits de couloir peuvent laisser croire aux journalistes que le Premier ministre est « presque mort » ? Serait-il « un peu moins mort que prévu » ? Le scoop était-il si urgent qu'il faille ainsi hâter sa mort ? Plus tard, Claire Chazal confiera avoir vécu là son plus sombre instant de télévision, justifiant son trouble par l'amitié qu'elle portait à Pierre Bérégovoy.

Le téléphone filaire à cadran, un classique des années 1980.

Hannibal Lecter, une bête humaine.

Hannibal le cannibale

Lorsque Le Silence des agneaux *sort en 1991, des milliers d'adolescents se pressent aux portes des cinémas pour découvrir la sanglante épopée d'Hannibal Lecter, le héros cannibale de l'écrivain Thomas Harris. Le regard fixe, vêtu d'une camisole et muselé comme le plus sauvage des prédateurs, Hannibal Lecter (Anthony Hopkins) suscite stupeur et effroi dans les salles obscures. Jeune recrue du FBI, Clarice Starling (Jodie Foster) parvient à attirer l'attention du psychopathe, ancien psychiatre reconverti dans… le cannibalisme. Il fait d'elle son interlocutrice privilégiée et monnaie ses services en échange de confidences de la jeune femme. Alors qu'elle traquait l'humain derrière le monstre, la faille dans la cuirasse de la bête, c'est finalement à Clarice d'être percée à jour par son propre sujet d'étude.* Le Silence des agneaux *se range très vite dans la catégorie des films que l'on ne peut voir sans appréhension. À elle seule, la scène de l'ascenseur déstabilise les fiers-à-bras et pousse les plus sensibles vers la sortie de secours. Hauts-le-cœur, frissons et montées d'adrénaline,* Le Silence des agneaux *ne manque pas ses effets. Interdit en salles aux moins de 16 ans, le film obtiendra cinq Oscars. Il fera par ailleurs du sphinx tête de mort, emblème du film, le papillon le plus célèbre du monde.*

La vie en rose

En 1993, Mitterrand confie aux journalistes, à l'issue de son second mandat : « Contre le chômage, on a tout essayé. » Qualifiant ce chômage en hausse constante depuis 1973 d'« ouragan », le président avoue son impuissance. Pour nos parents qui ont connu le plein-emploi, la situation est inédite. Ils constatent que nous n'aurons que très peu de latitude dans le choix de nos études et de notre profession. En plus de nous inciter fortement à poursuivre de longues études après le bac, nos enseignants nous désignent les voies les plus « porteuses ». Communication, recherche, économie, enseignement, médecine, droit… tout ou presque est « bouché » et nous n'aurons que « très peu de chances » de nous en sortir.

On nous encourage fortement à travailler dur pour le bac, tout en nous avouant que ce diplôme « ne sert plus à rien ». Face à cette bourrasque d'optimisme, nous décidons de ne suivre aucun des conseils qui nous sont prodigués et d'aller au bout de nos vocations naissantes, quelles que soient les statistiques. Cela devient presque un jeu entre nous : nous nous défions

Et on parle des heures durant de ce qu'on fera, après…

de cette crise, plus menaçante dans la bouche de nos aînés qu'une bête féroce. Mais nous n'avons rien connu d'autre – pour nous, le chômage n'est pas un spectre, mais une donnée acquise. Autant en rire.

Bien avant Internet, le Minitel propose ses maigres services, moyennant des sommes souvent faramineuses.

Retour en Éden

En 1993, deux voies s'offrent à nous pour savoir si nous sommes diplômés : le Minitel et le tableau d'affichage. Les plus impatients se jettent sur le Minitel, quitte à attendre des heures à cause de l'encombrement du réseau ; les autres procèdent à l'ancienne, en se rendant directement sur les lieux. Je tente le Minitel avant de me résigner à emprunter, une dernière fois, le chemin du lycée. Dans mon cas, le bac va se jouer quelques points près, et j'en suis pleinement conscient au moment de franchir la grille de l'établissement.

Fébrile face au tableau, chacun cherche son nom avec une agitation mal dissimulée : d'abord dans la liste des convoqués à l'examen oral, puis dans celle des candidats acceptés dès le premier tour. On se bouscule, certains commencent à faire grise mine, quand j'aperçois enfin mon nom : je suis reçu ! Il suffit de voir nos têtes pour deviner nos résultats, et personne ne se pose la question fatidique. Ainsi donc, le lycée s'achève et la fac se profile, après les vacances. Certains parents s'emparent du Radiocom 2 000, un modèle préhistorique de téléphone portable, pour annoncer la nouvelle : leur fils, leur fille, a eu le bac.

Pour les reçus de justesse, les miraculés de l'épreuve, l'avenir s'annonce en demi-teinte : ni impatients, ni tristes, ni heureux, ni même grisés, le doute nous étreint, l'inquiétude nous saisit. Nous voudrions sortir du circuit un instant, prendre une ou deux années sabbatiques et jeter loin derrière nous l'obligation de choisir une route. « Mais quand donc a-t-on le temps de vivre ? Quand donc a-t-on le temps de vivre ? », répétons-nous avec la lancinante obstination d'un Oblomov.

Et au moment de partir, nous nous retournons vers ce lycée, cette maison dans laquelle nous avons grandi. Le souffle nous manque face à l'urgence : il faut cultiver notre jardin. Notre jardin d'enfance. Sur lui, l'espoir fleurit toujours. Sans travail et sans entretien, comme un cactus en plein désert.

Accros au Minitel.

Souvenez-vous de vos premières années...

Un livre-cadeau vraiment personnel !

Les dix-huit années de notre enfance et de notre adolescence racontées dans un livre.

48 titres, de 1930 à 1977, sont déjà disponibles !

Et d'autres en préparation...

Éditions Wartberg
40, rue de l'Échiquier
75010 Paris

Diffusion – Distribution SOFEDIS
11, rue Soufflot,
75005 Paris
Tél. 01.53.10.25.25, Fax 01.53.10.25.26